Jogadora submissa

Coleção Dominação Erótica

Erika Sanders

ERIKA SANDERS

Jogadora submissa

Erika Sanders
Serie
Coleção Dominação Erótica

Sinopse

Linda está em uma noite de garotas.

Mas, uma após a outra, suas amigas cancelam sua presença até que ela percebe que vai passar a noite sozinha.

Ela decide brincar com as máquinas do cassino para ver se consegue pelo menos ganhar dinheiro nessa noite ruim.

Ela ganha um prêmio e quando vai trocá-lo por dinheiro encontra um homem atraente que se aproxima dela ...

Jogadora submissa é um romance com forte conteúdo erótico de BDSM e, por sua vez, um novo romance pertencente à coleção Erotic Domination, uma série de romances com alto conteúdo de BDSM romântico e erótico.

Nota sobre a autora:

Erika Sanders é uma conhecida escritora internacional que assina seus escritos mais eróticos, longe de sua prosa habitual, com seu nome de solteira.

Indice

JOGADORA SUBMISSA
ERIKA SANDERS

PRIMEIRA PARTE

CAPÍTULO 1

"Está tudo bem Gloria. Eu entendo."

Linda parou na entrada do cassino e olhou para todas as luzes piscando.

Ela deveria ter uma noite de garotas com suas três melhores amigas.

Antes de partir, Julia telefonara para lhe dizer que sua filha estava com gripe e que não queria sair de casa sozinha com o marido.

Linda pensou que o marido não queria cuidar da filha pequena, mas que ela não iria entrar no casamento distorcido da melhor amiga.

Angie ligou enquanto dirigia para o cassino.

Ela estava resmungando alguma desculpa de não poder ir, mas pelos seus gemidos, Linda sabia que ela estava de novo, de novo, com o namorado que havia voltado para a cidade.

Então ele pensou que teria uma noite divertida com Gloria, mas também cancelou.

Ele nem prestou atenção em sua desculpa.

Ela ainda tinha dinheiro na carteira e decidiu que iria se divertir sozinha esta noite.

Ele se aproximou de uma máquina caça-níqueis vazia e inseriu uma vinte.

Sem pensar, ele começou a pressionar os botões e, quando a máquina começou a apitar, ele percebeu que havia ganhado uma grande quantia em dinheiro.

Não era o jackpot, mas depois que a batida acabou, ele percebeu que tinha mais de mil créditos.

Linda fez a matemática rápida em sua cabeça e percebeu que custava mais de duzentos e cinquenta dólares.

Ele apertou o botão de crédito e o recibo cuspiu.

Linda estava sorrindo amplamente.

Ele nunca tinha ganhado nada no cassino e aqui estava ele com o que considerava uma grande soma de dinheiro.

Ele olhou em volta e tentou encontrar o caixa.

Ele estava do outro lado do cassino e quando chegou lá, seus pés doíam.

Ela havia comprado esses saltos fofos para o passeio de hoje, mas agora seus dedos estavam doendo.

Ele entrou na fila e esperou a sua vez com o caixa.

"Você pode estar na linha errada." Linda deu um pulo quando sentiu um hálito quente em seu ouvido.

Ela se virou e se viu cara a cara com um homem mais alto que ela e vestindo um terno de negócio.

"Desculpe?" Linda adorou a sensação de seu hálito no pescoço e percebeu que ela nem havia notado o efeito que isso causava nela.

Ela também estava confusa quanto ao que ele queria dizer com a linha errada.

"Você está na fila do Golden Privilege. Vejo que ganhou duzentos e cinquenta dólares em uma máquina caça-níqueis. Esta fila é para jogadores de alto risco."

O rosto de Linda ficou vermelho.

Ele não conseguia nem ficar na fila da direita.

Seu lábio tremeu e o prazer que ele teve ao vencer na máquina caça-níqueis dissolveu-se lentamente.

"Sinto muito."

Linda se virou para sair da linha.

Ela estava ficando nervosa.

"Não. Espere. Eu não queria te chatear. Escute, nós iremos juntos. Eu sei que Rachel, que está trabalhando com dinheiro esta noite, não vai se importar."

Linda apenas observou enquanto o estranho alto a guiava para a cabine apropriada.

Ele sorriu e parou perto de Linda.

Ela entregou a passagem à mulher e eles lhe deram o dinheiro em notas de cinquenta dólares.

Ele se afastou do balcão e observou com espanto quando o homem entregou a ela um maço de notas e em troca ela deu a ele uma pequena quantidade de fichas.

Linda sabia o suficiente sobre cassinos para saber que cada uma dessas fichas valia uma grande soma de dinheiro, muito mais do que ela poderia imaginar.

"Então você só vai economizar o dinheiro e sair?"

Linda piscou.

Ela não percebeu que ele estava olhando para ela até que ele a provocou.

"Oh, desculpe. Não estou acostumada a ver tanto dinheiro. Era para eu passar a noite com alguns amigos, mas todos cancelaram."

"Meu nome é Peter Wilson. Estou indo para a mesa de blackjack. Você pode se juntar a mim, se quiser. Estou sozinha esta noite e adoraria uma linda loira ao meu lado para me dar sorte."

Linda corou.

Ela nunca se considerou bonita.

A palavra 'lindo' deu-lhe muito mais confiança.

Ela pensou por um momento e achou que não havia mal nenhum em ir com ele.

Ela era solteira.

Ela ganhara duzentos e cinquenta dólares, que seriam usados para pagar o aluguel.

"Está bem." Linda levantou a cabeça e sorriu para Peter.

"Estou feliz. Vamos".

CAPÍTULO 2

Peter conduziu Linda pelo cassino até uma das áreas nos fundos.

Havia muitas mesas de jogo e ele estava de olho em uma específica.

"Quer jogar?"

"Hum, claro. Mas eu não preciso desses chips?"

Peter riu.

Ela era tão doce e fofa e ele pensou que provavelmente nem perceberia o quão sexy ela era.

"Você pode usar um pouco do meu."

"Ok obrigado"

Eles chegaram à mesa e se sentaram.

A perna dele roçou a dela e ela não a afastou.

Ele entregou-lhe algumas fichas e ela engasgou quando viu que cada uma era de mil dólares.

Ela entregou o revendedor ao chip e ele fez a troca apropriada.

A primeira mão foi difícil, pois ele não sabia as palavras corretas para dizer, ele apenas sabia que suas cartas tinham que somar 21 e nada mais.

Ela perdeu a primeira mão, assim como Peter.

"Sinto muito, Peter."

"Shhhh" Peter colocou a mão na dela. "Apenas aproveite."

Linda assentiu e nas três mãos seguintes ela venceu e ele perdeu.

Mais algumas pessoas se juntaram à mesa e quando um garçom fez um pedido de bebida, ela casualmente pediu uma Coca Diet.

Ele sentiu o celular tocar e, quando foi buscá-lo, percebeu que ele estava lá por mais de três horas.

Ela viu que Gloria estava ligando e decidiu não responder.

"Tudo está bem?"

Peter viu que Linda estava um pouco chateada e nem percebeu que seu rosto estava chocado quando viu o identificador de chamadas.

"Sim, bom. Eu não sabia que era tão tarde."

"Vamos jogar mais uma mão."

Peter falou com o dealer e depois de ambos perderem a última mão, eles deixaram a mesa.

Peter casualmente segurou a mão dela.

Normalmente ele era muito mais agressivo do que isso, mas algo lhe dizia que ser mais assertivo a assustaria.

Peter a guiou de volta ao caixa e sorriu para Rachel enquanto ela transferia as fichas de volta para o dinheiro.

Os olhos de Linda se arregalaram enquanto Rachel contava mais de dez mil dólares.

Dobrou as notas e as colocou cuidadosamente na carteira.

Peter sorriu, mas não disse nada.

Eles fizeram o seu caminho para a entrada principal e ficaram no grande átrio.

O cassino estava conectado a um hotel e havia uma passarela de vidro conectando os dois.

Os invernos na cidade eram frios e era ruim para os negócios fazer com que os hóspedes do hotel passassem do lado de fora em uma tempestade de neve para chegar ao cassino.

"Então eu vou ser sincero e dizer isso. Eu te acho muito atraente. Você é fofa, bonita e inteligente. Adorei passar um tempo com você hoje à noite. Normalmente, eu o convidava para o bar do hotel para tomar uma bebida e espero que depois de algumas bebidas você esteja pronto para suba para minha suíte. Acho que nesse ponto você poderia dizer sim. Vou pular essa etapa e perguntar se você quer subir para o meu quarto de hotel. Você pode dizer não, mas algo me diz que vai dizer sim. "

Linda olhou para Peter.

Ela o conheceu há algumas horas, mas ele sabia exatamente o que ela queria.

Ela pensou que ele tinha sido sincero e disse a ela que queria ir para o quarto do hotel juntos.

Ele era alto, bonito, rico, inteligente, e eles desfrutavam da companhia um do outro enquanto jogavam blackjack.

Ele era tão seguro de si, mas era uma forma de ter certeza de si que era muito atraente para ela.

Seu último namorado era tão desalinhado que ela não aguentou mais do que alguns meses.

As amigas dela diziam que ele era exigente, mas que eles tinham os melhores namorados.

Claro, é por isso que ela foi abandonada no cassino sozinha quando era para ser uma noite das meninas.

"O que faz você pensar que eu vou dizer sim?"

"Eu imagino que você está aqui para esquecer um namorado estúpido que terminou com você ou que alguns amigos te deixaram para fazer coisas mais importantes do que passar tempo com seu amigo simbólico." Peter se abaixou e roçou os lábios em sua testa. "Apenas uma noite. Sem condições."

Linda gemeu.

Como ele a conhecia tão bem?

Ela apenas balançou a cabeça e quando ele passou o braço em volta dos ombros, ela derreteu em seus braços.

CAPÍTULO 3

Eles caminharam a curta distância até o hotel e ele se dirigiu aos elevadores.

Em vez de usar os elevadores principais, ele colocou a chave na abertura de um elevador remoto.

Linda olhou em volta e ficou boquiaberta.

O hotel era decorado com requinte e o fato de ele estar usando um elevador separado indicava que ele tinha uma das suítes no último andar.

Eles entraram no elevador e ele a beijou primeiro.

Foi um beijo forte e ele sentiu os joelhos cederem.

Ele a abraçou com força e a pressionou contra a parede.

A língua dele se moveu contra seus lábios e quando ela abriu a boca, ele a deslizou para dentro.

Peter adorou a sensação dos lábios de Linda.

Eles eram macios e molhados e tudo o que sabia era que a queria.

No momento em que as portas do elevador se abriram, Linda estava ofegante e o pau de Peter estava pressionando desconfortavelmente contra sua calça social.

Ele deu um passo para trás e odiou a sensação de seus lábios se separando dos dela.

O elevador se abriu para a suíte e Linda engasgou.

Era o dobro do tamanho de seu apartamento e ele percebeu que era apenas a sala de estar.

Havia duas portas de cada lado e ela notou uma porta para a varanda.

"Adiante."

Peter a guiou para dentro e a levou para a sala.

A cama era do lado do rei e o quarto cheirava a lavanda e perfume masculino.

Não era o cheiro normal de um quarto de hotel.

Peter puxou Linda para si e a beijou.

Foi um beijo intenso e ele tentou desacelerar, mas não conseguiu.

Ele a encostou na cama e começou a desfazer o vestido.

Linda baixou os braços para o lado e deixou que ele a despisse.

Quando o vestido dela deslizou por seu corpo, ele desabotoou o sutiã.

Ela jogou de lado e começou a acariciar seus mamilos.

Caindo de joelhos, ela puxou a calcinha e, uma vez que alcançaram os tornozelos, ela os puxou e os jogou na mesma direção que o sutiã..

"Você cheira maravilhoso." Peter separou os lábios de sua vagina e lambeu seu clitóris suavemente. "E Deus, você sabe incrível."

Peter a empurrou na cama e tirou a gravata.

Ele pressionou seu corpo contra o dela e a guiou para a cama.

Ela apenas olhou para ele com os olhos arregalados e quando ele empurrou as mãos sobre a cabeça e amarrou a gravata de seda em volta dos pulsos e cabeceira da cama, mas ela não disse uma palavra.

"Você é meu esta noite."

Peter despiu-se rapidamente e se acomodou entre suas pernas.

Ele abriu os lábios novamente e começou a lamber sua boceta pingando.

Ela tinha um gosto tão bom e toda vez que eu a lambia, ela ficava mais molhada.

Ele colocou dois dedos em seu buraco e a sentiu se contorcer.

"Oh Deus, Peter. Eu preciso ir."

Linda estava se contorcendo e ser amarrada à cama era muito emocionante para ela.

"Você não vai correr até que eu diga."

Sua voz era muito autoritária.

Linda respondeu gemendo.

Ela assentiu e tentou se segurar.

Ela nunca tinha ficado tão excitada e queria implorar e pedir-lhe para fazê-la gozar.

Pedro não permitiu.

Isso a levou ao orgasmo e então parou.

Depois da terceira vez, ela estava puxando a gravata, mas sabia que ele havia amarrado perfeitamente.

Apertado o suficiente para que não pudesse se soltar, mas não o suficiente para interromper a circulação sanguínea.

"Agora você virá." Peter sibilou essas palavras e enfiou três dedos profundamente em sua boceta.

A combinação de seus dedos dentro dela e sua voz, exigindo que ela gozasse, empurrou-a sobre o limite.

Ela gozou com tanta força que brotou um pouco.

Quando terminou, Peter estendeu a mão e desatou os laços.

Ele a puxou para mais perto e sorriu quando ela usou seu peito como travesseiro.

"Você está cansada, baby. Vá dormir."

Peter passou os dedos pelos cabelos dela enquanto ela adormecia.

CAPÍTULO 4

Linda abriu os olhos e tentou se lembrar de onde estava.

Ela sentiu algo duro e quente contra sua bochecha e viu que Peter estava ajoelhado perto de sua cabeça.

"Chupa. Agora."

A mente de Linda estava disparada.

Ela se lembrou de ter conhecido Peter na fila do caixa.

Eles passaram a noite jogando blackjack juntos e voltaram para o quarto de hotel.

Seu pênis pingou na frente e ele a guiou em sua boca.

Ela não estava amarrada à cama como antes, mas ela ansiosamente chupou seu pau.

Ele foi direto com ela, empurrando seu pênis profundamente em sua garganta.

Ela engasgou um pouco e ele recuou.

Uma mão guiou seu pênis para dentro e para fora de sua boca quente enquanto a outra corria os dedos por seu cabelo.

"Ligue para mim, senhor. Você é meu até eu deixar você ir. Agora faça isso mais forte."

Linda assentiu e se ajoelhou.

Ela estava na frente dele quando ele se ajoelhou na cama e enquanto ela continuava a chupar seu membro latejante, ele passou as mãos por suas costas.

O primeiro tapa foi forte e duro.

Linda gemeu, mas não se atreveu a parar de chupar seu pau.

Ele deu um tapinha em sua bunda novamente, e desta vez ela podia sentir sua coceira.

Uma e outra vez ele a espancou e na quarta surra ela tinha relaxado completamente e estava engolindo seu pênis com facilidade.

Os olhos de Peter estavam revirando em sua expressão.

Ela era uma boa chupadora de pau.

"Eu vou te foder agora."

Linda assentiu e se moveu para poder deitar na cama.

Ele subiu em cima e começou a deslizar seu pau dentro dela.

"Precisamos de um preservativo?" Peter fez a pergunta com calma.

Ele sabia que tinha que perguntar e gostaria que ela tivesse a resposta certa.

"Estou tomando a pílula."

Linda esperou para ver sua expressão facial.

Essa foi a resposta correta para ele?

Ela queria muito agradá-lo.

Peter acenou com a cabeça e empurrou-a contra seu pênis.

Era grosso e sua vagina se esticava mais do que ela estava acostumada.

Ele a puxou forte e rápido em seu pênis.

"Monte-me mais forte."

Peter agarrou sua bunda redonda e a fez pular em seu pau.

Era tão bom que ele quase perdeu o controle.

Quase.

"Belisque seus mamilos por mim. Difícil."

Linda assentiu e beliscou seus mamilos rosados.

Ela estremeceu um pouco com a dor.

"Mais forte."

Peter olhou para ela e ela estava desesperada para agradá-lo.

Ela os beliscou e puxou um pouco.

Seus seios eram bastante grandes, mas seus mamilos sempre foram sensíveis.

"Assim não". Peter odiava o quão gentil ele estava sendo.

Ele estendeu a mão e apertou os mamilos entre o polegar e o dedo médio.

Ele juntou os dois e viu Linda atirar a cabeça para trás e chegar.

Ele rosnou quando ela rapidamente moveu os quadris contra seu pênis e empurrou tão profundamente que seu pênis tocou a entrada de seu útero.

Ele continuou a beliscar e sentiu gozar novamente.

Sua boceta latejava e jorrava, tudo ao mesmo tempo.

Ele lançou seus mamilos e entrou nela.

Ele xingou em voz alta quando chegou.

Ele era tão poderoso que sentiu seu pênis se expandir dentro dela.

Linda mal estava consciente enquanto tentava ficar sentada.

"Boa garota. Você é minha garota. Meu bebê."

Linda só pôde concordar quando desabou sobre ele e desmaiou.

CAPÍTULO 5

Linda acordou de manhã e descobriu que estava sozinha na cama.

Ela estava nua e seu corpo inteiro estava dolorido.

Ao se sentar, ela sentiu o cheiro de ovos e bacon e se perguntou se Peter havia pedido o café da manhã.

Ele saiu da cama e procurou algo para vestir.

A porta do banheiro estava aberta e pendurada em um dos ganchos havia uma túnica branca.

Ele o colocou e, felizmente, não se olhou no espelho.

Se tivesse, ele teria notado as marcas em seus pulsos na gravata de seda junto com a vermelhidão de seus mamilos de torção.

E sua bunda era de um lindo tom de rosa.

"Bom Dia." Peter estava sentado à mesa da sala de jantar tomando café da manhã.

Havia outro lugar e Linda se sentou e se serviu de suco.

"Como você dormiu, baby?" Peter estava usando seu terno, mas adorou a beleza de Linda apenas com o manto.

"Dormi muito bem. Estou um pouco dolorido." O rosto de Linda ficou vermelho.

Ela tinha vergonha de admitir que gostava da sensação de dor.

Ela queria mais, mas sabia que seu acordo na noite anterior era uma noite de sexo sem compromisso.

"Fico feliz. Dormi muito bem também. Tenho certeza de que ser insensível pra caralho com uma bombinha loira ajudou as coisas."

"Foguete?" Linda nunca tinha ouvido esse termo antes, mas estava à vontade para perguntar.

"Sim. Você é baixo, pequeno e leve. Você é fácil de transportar e você pula no meu pau enquanto parece selvagem e sexy. Eu adorei."

O rosto de Linda ficou outro tom de vermelho.

Ela costumava ser calma e romântica durante o sexo, e quando a memória da noite anterior apareceu diante de seus olhos, ela percebeu por um lado que não sabia que existia.

Linda não respondeu.

Em vez disso, ela começou a tomar seu café da manhã.

Ele estava com fome e pensou que todas as atividades extracurriculares da noite anterior haviam queimado calorias.

"Então eu sei que antecipei a noite passada e sei que disse que não tinha condições sexuais, mas mudei de ideia. Estou na cidade por alguns dias e adoraria explorar esse lado submisso que você tem se me deixar."

Linda pensou enquanto mastigava os ovos.

Ela estava solteira por apenas alguns meses, mas havia perdido a intensidade do sexo.

Ela nunca havia se sentido tão animada antes.

Não havia relacionamento, apenas sexo.

Ela poderia fazer isso.

"Claro. Eu tenho que ligar para você, senhor?" Linda sorriu e quando Peter riu ela sabia a resposta.

"Sozinhos no quarto. Ou onde quer que estejamos transando. Tenho que ir ao escritório por algumas horas. Volto por volta da uma. Quero que você tome banho e fique nua. Deite na mesa da sala de jantar e espere por mim."

Linda assentiu.

Ele beijou sua bochecha antes que ela saísse do quarto do hotel.

Linda não tinha ideia do que estava por vir, mas ela sabia que gostaria.

CAPÍTULO 6

Como ele pediu, ela tomou banho e colocou o cabelo loiro em um rabo de cavalo.

Ele teve a gentileza de dizer a ela quando ela chegou ao hotel e quando ele entrou na suíte, ela estava deitada à mesa da sala de jantar.

"Mmm, baby. Esfregue sua boceta."

Linda obedeceu e viu Peter se aproximar e sentar à cabeceira da mesa.

Suas pernas estavam abertas para ele.

Ele lambeu os dedos e depois os deslizou contra o clitóris e começou a esfregar.

Ela sabia exatamente o que tinha que fazer para ficar excitada e rapidamente gemia e ofegava.

"Não goze. Pare de se tocar."

Linda olhou de olhos arregalados para Peter.

Ela moveu a mão e respirou fundo.

"Eu quero gozar."

"Você só goza quando eu te deixar. Agora, chupe meu pau."

Peter se levantou e desabotoou as calças.

Ele a virou para que ela ficasse de costas com a cabeça pendurada para fora da mesa.

Ele guiou seu pênis em sua boca e empurrou.

"Você é uma garota má. Muito ruim."

Peter deu um tapa na buceta dela e esperou por uma reação.

Ela gemeu e ele fez de novo.

"Meninas más são punidas."

Ele rolou seus mamilos entre o polegar e o indicador e ela parou.

Sua boca estava apertada ao rédor de seu pênis e ela não tinha parado de chupar seu pênis.

Ele queria gozar em sua boca, então empurrou uma última vez e grunhiu.

Linda tentou se afastar, mas não conseguiu.

Tudo o que ele pôde fazer foi engolir o fluido salgado e quente que inundou sua boca.

Finalmente, quando ele terminou de derramar seu sêmen em sua boca, ele se afastou.

"Você é um bom chupador de pau. Eu acho que você merece gozar."

Os olhos de Linda estavam implorando.

Ela queria desesperadamente esfregar seu clitóris.

A aspereza que Peter usou nela era tão excitante e ele sabia que no momento em que tocasse seu clitóris, ela viria.

"Posso ir? Por favor?"

Linda estava implorando enquanto se sentava à mesa da sala de jantar.

Peter olhou para ela sem conceder e esperou.

Ele amava o quão submissa ela estava agindo e da poça abaixo dela, ele sabia que ela estava excitada.

"Venha."

Peter agarrou o pulso dela e a levou para a sala.

Antes que ela percebesse, estava amarrada à cama novamente, desta vez com a face para baixo.

Ele abriu as pernas e deu um tapa na nádega esquerda.

O golpe ecoou pela grande sala e o fez novamente.

Linda não se atreveu a chorar, apenas enterrou a cabeça no travesseiro e gemeu de excitação.

"Minha garota má merece punição. Diga-me por que você é uma garota má."

Linda mal estava ouvindo.

Ela estava desesperada por algo que a fizesse gozar, e quanto mais ela puxava os laços que prendiam suas mãos, mais frustrada ela ficava.

"Diga-me por que você é uma garota má ou eu vou parar."

Linda sacudiu-se do sono.

"Eu sou uma garota má por querer terminar. Eu sou uma garota má por não te ouvir."

Linda cuspiu as palavras e rezou para que ele a tocasse.

Peter sorriu.

Ele a empurrou o suficiente por hoje.

Ele mergulhou seu pau na buceta dela e fodeu seu estilo cachorrinho.

Ele envolveu as mãos em seu rabo de cavalo e se afastou.

Ele bateu nela uma e outra vez e a sentiu gozar duas vezes seguidas.

Ela ficou em silêncio enquanto afundava a cabeça nos travesseiros.

Finalmente, ele empurrou e entrou nela.

"Oh merda, você é sexy." Peter ofegou quando ele abriu o nó da gravata e o libertou.

Linda só podia sorrir.

"Eu odeio você ir embora amanhã."

Linda mordeu o lábio com força para esconder suas emoções.

Ela queria que isso continuasse para sempre.

SEGUNDA PARTE

CAPÍTULO 7

Linda estava comprando roupas.

Peter lhe dera um cartão de crédito e ela esperava ansiosamente sua chegada à cidade.

Eles se conheceram há alguns meses e, toda vez que ele estava na cidade, passavam dias fazendo sexo intenso e intenso.

Ela gostou de ser tão submissa e levou quase uma semana para se recuperar dos orgasmos intensos da primeira vez.

Linda usava uma blusa sem mangas, além de shorts jeans.

Seu cabelo loiro estava em uma trança e ela estava olhando para um lindo conjunto de sutiã e calcinha.

Era de renda e tinha o tom perfeito de rosa.

O telefone tocou e ela atendeu.

"Olá?"

"Esfregue sua boceta para mim."

Peter já estava registrado no hotel.

Ele havia pegado um vôo cedo para poder ter algum tempo para brincar com Linda.

Ele imaginou que ela estava fazendo compras.

"Estou em público, Peter."

Linda esperava que ninguém pudesse ouvir sua voz pelo telefone.

"Eu não me importo. Esfregue sua boceta."

Linda se moveu para que ninguém pudesse ver e começou a esfregar os dedos contra o short jeans.

"Deslize o dedo indicador em sua boceta."

Linda fez o que foi dito.

Ela já estava encharcada e se perguntou se seria pega fazendo isso.

A vendedora estava ocupada com outro cliente e não notou Linda se contorcendo contra a prateleira de sutiãs caros.

"Você está perto de chegar lá?"

"Uhhhh".

Linda não conseguia falar.

O tom de sua voz era tão autoritário e Peter estava apenas começando.

"Tudo bem. Agora pare de tocar em você e me encontre no saguão do hotel."

Peter desligou o telefone e se acomodou em seu quarto.

Ele podia imaginar Linda no shopping ou andando pela rua desesperada para gozar.

Eu sabia que ela não tocaria até ele dizer isso.

* * *

Linda praguejou baixinho e decidiu comprar o sutiã e a calcinha mais caros da loja.

Ela comprou a lingerie e caminhou rapidamente para um táxi.

Todo o caminho, ela se contorceu em seu assento.

Ela queria tanto vir e estava ansiosa para ver Peter.

Ele praticamente pulou da cabine e correu para o saguão do hotel.

Ele olhou em volta e não conseguiu vê-lo.

O telefone tocou e ela atendeu.

"Sim?"

"Peça a recepcionista a chave do meu quarto."

Linda desligou o telefone e praticamente correu para a recepção.

Ele pegou a chave que lhe deram e entrou no elevador o mais rápido que pôde.

No momento em que as portas da suíte se abriram, ela correu para a sala de estar.

Peter estava de pijama de seda e segurava um longo cachecol de seda.

"Foda-se."

Linda correu e tentou beijá-lo.

Suas mãos percorreram seu corpo inteiro, mas ele a empurrou.

"Esfregue minha boceta. Mostre-me o quanto você precisa."

Linda tirou o jeans e a calcinha e caiu de joelhos.

Ela abriu os joelhos e empurrou os quadris quando os dedos dele afundaram profundamente em sua vagina.

Peter ergueu os olhos e sorriu.

Ela estava com tanto tesão e ele adorou.

"Pare."

Linda olhou para cima.

Ele queria desesperadamente seguir em frente, mas sabia que tinha que obedecer.

"Sim senhor."

Peter pegou a mão dela e a torceu atrás das costas.

Ele agarrou a outra mão também.

Ele mordeu seu pescoço com tanta força que deixou uma marca.

Linda ficou tão excitada com sua mordida que não percebeu que suas mãos já estavam amarradas.

"Você é minha prostituta hoje à noite. Diga. Diga-me que você é minha prostituta."

"Eu sou sua puta."

Os olhos de Linda estavam vidrados e tudo o que ela conseguia pensar era em seu pênis.

Suas calças a cobriam e ela podia ver um círculo molhado onde estava a cabeça de seu membro.

Ele quase podia sentir o gosto do líquido pré-seminal na boca.

Ela estava tão excitada.

Peter olhou para Linda e sabia que já iria ultrapassar seus limites esta noite com ela.

Isso era algo que ele esperava fazer desde que a conhecera no cassino.

CAPÍTULO 8

Ele a puxou pelo lenço de seda e empurrou seu rosto para a cama.

Ela deu um tapinha na bunda dele três vezes mais forte do que o normal, até que viu a marca de sua mão.

"Você é minha prostituta. Eu vou fazer você vir hoje à noite."

Linda não conseguiu nem responder.

Ele estava esfregando seu clitóris nos lençóis macios, mas não conseguia a pressão certa para saciá-la.

Ela estava pronta para vir, mas Peter consertou.

Ele cravou quatro dedos em sua boceta e empurrou com força.

O polegar dele encontrou o clitóris e esfregou-o.

Sua mão estava coberta com seus sucos e ele adorou.

Ele a sentiu gozar pela primeira vez.

Ele mal teve tempo de se recuperar quando encontrou o colo do útero e começou a acariciá-lo.

Ela gritou e tentou fugir.

Era uma parte tão sensível e eu queria gritar e gemer ao mesmo tempo.

Ter seu dedo indicador acariciando a almofada sensível dentro de sua vagina lentamente a estava deixando louca.

Ela estava perto do orgasmo novamente, mas a dor de seu toque a estava segurando.

Peter a segurou e continuou o ataque.

Ele a tocou mais forte e mais rápido.

Quando ela chegou novamente, sentiu um fluxo de sucos quentes na palma da mão.

Ele estendeu a mão e agarrou sua garganta.

Ela estava se tornando uma bagunça e ele adorou.

Ele tirou a mão de sua boceta e abaixou as calças.

Ele empurrou seu pau dentro dela e começou a foder.

"Você é minha puta. Eu amo sua boceta apertada e molhada. Eu vou inundar sua boceta com meu esperma."

Peter puxou-a para frente e para trás sobre a gravata de seda e, quando chegou lá, gritou.

Era tão bom gozar dentro dela.

Ele percebeu que normalmente poderia durar mais, mas com Linda era diferente.

Só de pensar nela o excitou.

Vê-la fez seu pau latejar e no momento em que a tocou, ele estava perto do orgasmo.

"Deus, eu amo transar com você. Eu não tenho uma reunião até amanhã de manhã. Então você vai ser meu pequeno brinquedo até então."

FIM

45

VESTIDA PARA A OCASIÃO

O silêncio da noite a rodeava, pressionando-a com sua serenidade, tentando acalmar sua ansiedade.

No entanto, isso não conseguiu acalmá-la.

Sentimentos desenfreados aos quais ela não estava acostumada e nunca havia experimentado antes percorreram seu corpo, deixando-a nervosa.

Seus saltos batiam suavemente ao longo do caminho pavimentado enquanto ela olhava para o céu.

Por que você vai lá esta noite?

Por que ela se vestiu daquele jeito?

Ela podia sentir o poder que seu olhar tinha sobre ela.

Ela suspirou e permitiu que sua mente parasse de pensar nos eventos que poderiam acontecer esta noite.

* * *

Parecia que todos os olhos estavam voltados para ela quando ela entrou no local.

Seus sapatos de salto alto estalaram no chão de madeira enquanto ela cruzava a pista de dança e se aproximava do bar.

A saia de sua roupa vermelha e preta balançava de um lado para o outro a cada passo, a faixa vermelha fluindo contra seu joelho enquanto a preta descansava alguns centímetros acima dele.

A blusa pendia folgadamente dos ombros até os seios, saltando apenas o suficiente para chamar a atenção a cada passo que dava e mostrando uma quantidade generosa de pele.

E sem sutiã.

Ela sabia como ela ficava com essa roupa.

Ela parecia uma vagabunda.

Ela finalizou o look com uma gargantilha de renda preta no pescoço e apenas um toque de batom vermelho.

Ele sentou-se entre um homem e uma mulher e sorriu para o garçom.

"Olá James."

"Samy. É bom ver você de novo." Ele deixou seus olhos deslizarem lentamente sobre seu rosto e seios. "Muito bom, na verdade. E para quem é a ocasião?"

Ela balançou a cabeça e sorriu, fazendo com que uma mecha de cachos caísse sobre sua orelha.

"Não há ocasião. Só tive vontade de me vestir assim."

Ele estendeu a mão por cima do balcão e colocou o cacho atrás da orelha dela.

Os dedos dele roçaram a lateral de sua bochecha e ela quase se esqueceu de como respirar.

"Você deveria se vestir assim com mais frequência."

"Talvez eu vá."

"Estarei saindo do trabalho hoje à noite por volta das onze. Você gostaria de dançar depois?"

Ela assentiu lentamente, incapaz de desviar o olhar dele.

Com uma precisão muito lenta, ele se inclinou sobre o balcão e levou seus lábios aos dela, aprofundando o beijo apenas o suficiente para fazê-la querer mais antes de se afastar.

"Cerca de vinte minutos."

* * *

Aqueles vinte minutos nunca pareceram mais longos na vida de Samy.

Ela observava tudo ao seu redor o tempo todo, consciente de cada movimento que ele fazia, mesmo sem olhar para ele.

Era como se seus sentidos estivessem sintonizados com seu corpo, mas ela ainda pulou quando ele a tocou na parte de trás do ombro.

Ele havia desabotoado a gola da camisa preta e sorria para ela, estendendo a mão.

"Acho que você me deve uma dança."

Quando ela colocou a mão na dele, foi como se uma pequena descarga elétrica percorresse seu corpo.

Ele sorriu enquanto a levava para um canto da pista de dança e então a puxava para perto de seu corpo enquanto a música mudava.

Era lento e sedutor, e a batida dele parecia combinar com o coração dela enquanto ela se pressionava contra ele.

E assim ela teve plena consciência dos contornos duros que ondulavam contra seu corpo macio.

Ela deslizou os braços ao redor dele, pressionando as mãos em suas suaves curvas traseiras enquanto eles balançavam para frente e para trás.

Ele se inclinou e pressionou os lábios contra os dela, separando-os suavemente e seduzindo-a com a língua.

Sua mão deslizou mais abaixo em suas costas, descansando em seu quadril, deslizando baixo o suficiente para acariciar uma bochecha de sua bunda enquanto ele puxava a parte inferior de seu corpo contra o dele.

Ela engasgou ao sentir o quão forte ele estava realmente pressionando contra ela e ela poderia jurar que o ouviu gemer.

Mas assim que ele fez isso, o outro garçom o chamou e ele suspirou, inclinando a cabeça para trás.

"Samy... já volto. Juro que voltarei. Não vá a lugar nenhum."

Ela assentiu um tanto tolamente enquanto se afastava da pista de dança e entrava em uma cabine isolada.

Ele observou James voltar para o bar e se inclinar sobre ele novamente, conversando com Joseph.

Joseph foi o barman substituto daquela noite.

Ele sempre assumia quando James se aposentava.

Quando ele viu uma loira alta e de pernas compridas se juntar a eles, ele percebeu uma coisa.

Ela não era esse tipo de garota.

Eu não tinha ideia do que estava fazendo.

James era o tipo de homem que sempre tinha qualquer garota disponível, qualquer garota alta, loira e super sexy.

E ela era baixa, morena e latina.

Ela saiu correndo.

O mais rápido e silenciosamente que pôde.

Ele foi em direção à porta e quando olhou por cima do ombro viu a loira se inclinar para perto de James e passar os dedos por seu braço.

Ela suspirou e balançou a cabeça enquanto continuava seu caminho.

Não seria bom parar e pensar sobre isso.

Seus pés estavam começando a doer por causa dos calcanhares, então ela os tirou e se afastou do caminho de paralelepípedos, deixando seus pés guiá-la até a beira do rio que ela conhecia tão bem.

Ele enfiou os pés na margem do rio e ficou olhando a água por um longo tempo.

"O que eu estava pensando?" Ela finalmente murmurou.

"Isso é o que eu gostaria de saber."

Ela quase gritou quando se virou.

James estava atrás dela, braços cruzados com raiva e franzindo a testa.

Mas a carranca foi lentamente substituída por uma expressão de confusão e preocupação.

"Samy, você está chorando. O que há de errado?"

Ela desviou o olhar dele e atravessou o rio até a outra margem gramada.

"Eu não deveria ter feito isso. Eu não deveria ter vindo ao bar hoje à noite vestida daquele jeito. Eu não deveria ter pensado que tinha uma chance."

"Samy, do que diabos você está falando?"

Ele se aproximou e colocou a mão no ombro dela.

Ela estava tremendo, ela estava com frio.

Ele rapidamente tirou o casaco e colocou-o sobre os ombros dela, movendo-se atrás dela para esfregar seus braços.

"Você estava linda aí. Acho que esqueci como tive que respirar quando você entrou."

"Eu vi as mulheres com quem você costuma sair. Não sou como elas, James. Não sou elegante ou super sexy. Não sou loira, nem alta, nem de pernas longas, nem tenho um corpo perfeito. gosto deles. Não tenho solução . "contra isso. Eu nem sabia o que estava fazendo." Ela terminou em um sussurro.

"Sério? Você poderia ter me enganado aí."

Ele a virou para si e se inclinou para frente, pressionando os lábios contra o pescoço dela.

Ela estremeceu.

"Seu corpo parecia perfeito quando você me pressionou contra você naquela pista de dança."

Ele estendeu a mão e segurou seu seio, traçando o contorno de seu mamilo através da blusa.

Isso a fez estremecer um pouco.

"Eles com certeza pareciam saber o que queriam fazer quando estávamos nos beijando e nos apertando."

Ele se inclinou sobre ela e a forçou a cair até que ela estivesse deitada no chão.

"Deixe-me mostrar a você, Samy. Deixe-me mostrar que você é mais do que pensa."

Os lábios dele deslizaram contra os dela antes de descerem por seu pescoço e por cima da blusa fina que cobria seus seios.

Sua respiração ficou presa na garganta quando os lábios dele encontraram primeiro um mamilo e depois o outro, sugando-os lentamente enquanto ela se arqueava ao toque dele.

Seus dedos encontraram habilmente a bainha da camisa dela e começaram a puxá-la lentamente para cima, provocando sua pele enquanto ela se revelava.

Ele levantou-o passando pelos seios dela e segurou-o logo acima deles enquanto beijava seu seio direito, saboreando sua pele.

Ela gemeu quando James finalmente levou os lábios até a crista do seio dela, pegando o mamilo entre os dentes e puxando-o suavemente antes de chupá-lo.

Ela gemeu ainda mais alto quando a mão dele começou a massagear o outro seio, rolando a palma da mão sobre o mamilo repetidamente.

"Você vê?" Ele respirou contra sua pele. "Você é a mulher perfeita".

Ele começou a beijá -la enquanto descia, traçando círculos ao redor de seu umbigo com a língua.

James sorriu para ela enquanto pegava sua saia e em vez de puxá-la para baixo, empurrou-a para cima.

A frente dobrou para trás e no momento seguinte ele estava dando beijos suaves e brincalhões ao longo de seu monte quente acima de sua calcinha.

Ela já estava molhada.

Ela podia senti-lo através da calcinha enquanto ele esfregava o nariz contra ela.

Ela tremeu debaixo dele e ele gentilmente acariciou seus dedos para cima e para baixo enquanto usava os dentes para deslizar sua calcinha para baixo.

Ele a beijou novamente, sem nenhuma barreira entre seus lábios e sua boceta.

Ele começou a deslizar a língua ao longo de sua fenda e ela gemeu, arqueando os quadris descontroladamente, de modo que ele pressionou a língua profundamente nela, traçando-a sobre seu clitóris.

Samy gemeu e arqueou-se contra sua língua, o prazer percorrendo-a enquanto ele roçava os dentes em seu clitóris e deslizava um dedo dentro dela.

"Eu menti", ele respirou contra seu clitóris. "Eu não esqueci apenas como respirar."

James gentilmente chupou seu clitóris, seu dedo entrando e saindo de seu aperto.

"Eu quase gozei só de olhar para você mais cedo."

Os dedos dela agarraram seu cabelo, e ele sorriu contra sua boceta enquanto deslizava um segundo dedo dentro dela, passando a língua sobre seu clitóris repetidamente até que seu corpo tremeu sob sua boca.

Seus dedos a acariciaram, dentro e fora, excitando-a, persuadindo seu corpo a responder até que ela balançou contra sua mão e língua.

"James," a voz dela quase vacilou enquanto se contorcia em sua mão. "Por favor, não pare agora!"

Suas palavras saíram em um tom suave e consciente, mas rapidamente aumentaram de volume enquanto ela gritava de prazer.

Ele mordia suavemente o clitóris dela e agora chupava-o com força, os seus dedos empurrando-a com força, atingindo o seu clímax.

Ele absorveu ansiosamente seus sucos e quando o tremor de seu corpo diminuiu,

Quando ele terminou, ele se moveu acima dela.

Ele sorriu e encostou a testa na dela, deixando seu corpo roçar no dela enquanto olhava em seus olhos.

"Eu te disse, você é tão mulher quanto eles, se não mais."

Seus olhos brilharam com algo que poderia ser dúvida quando ele olhou nos olhos de James, mas então ele deixou seus dedos percorrerem seu peito e descerem até a protuberância dura em suas calças.

"É por isso que você está tão difícil?

Porque sou uma mulher como eles?"

Os dedos dela roçaram para cima e para baixo contra seu pênis, e ele não pôde evitar o gemido que escapou de seus lábios.

No entanto, ele não teve chance de responder quando os lábios dela encontraram os dele e qualquer pensamento foi apagado de sua mente.

Os dedos dela deslizaram para o peito dele e ela habilmente começou a desabotoar a camisa dele.

Ela rapidamente puxou-o para fora da calça dele e empurrou-o para o lado enquanto tirava sua camisa completamente.

O botão da calça se abriu e o zíper deslizou quase sozinho.

Ela abaixou as calças e a cueca dele o suficiente para libertar seu pênis e envolveu-o com sua pequena mão, acariciando-o lentamente, de modo que ele gemeu e se pressionou ansiosamente contra a mão dela.

Ele gemeu de aborrecimento e se levantou, tirando as calças e a boxer em um movimento e virando-se para encará-la.

Ela agora estava de joelhos e sorriu para ele enquanto mais uma vez o envolvia com a mão.

Ele se inclinou sobre ela, dando-lhe carícias lentas, fechando os olhos.

No momento seguinte, no entanto, ele espalhou-os enquanto os lábios dela envolviam a sua pila, movendo-os lentamente para cima e para baixo do seu membro duro.

Ele agora colocou as mãos na nuca dela e lentamente começou a empurrá-la para dentro e para fora da boca, gemendo enquanto ela o chupava a cada movimento.

Não demorou muito para que os golpes suaves se tornassem rápidos e curtos, Samy o chupava com mais força quanto mais rápido ele movia a cabeça.

A mão dela acariciava as suas bolas, rolando-as para trás e para a frente enquanto a sua boca se apertava à volta dele.

Quando ela estava brincando com a língua na cabeça do pênis dele, ele explodiu em sua boca.

Ela engoliu rapidamente enquanto ele enviava sua carga para ela, pressionando sua boca e garganta contra seu pênis, fazendo-o gozar ainda mais forte e com mais jatos, até que finalmente se esgotou.

Ela deslizou o pau para fora da boca lentamente e deixou seu olhar cair no chão.

Ele caiu de joelhos na frente dela, colocando a mão em sua bochecha.

Eles estavam a apenas um passo de distância quando o dedo de James traçou o lado do rosto dela, mergulhando o dedo sob o queixo e levantando os olhos dela para os dele.

"Ainda não terminamos."

A voz dele era tão baixa que causou arrepios na espinha dela enquanto ela olhava para ele maravilhada.

Ele se inclinou e pressionou os lábios contra ela, aprofundando rapidamente o beijo.

Quando a língua dele deslizou por seus lábios, uma mão deslizou por trás dela, puxando-a contra ele para que ficassem carne com carne.

Os mamilos dela pressionaram contra o peito dele alegremente, e sua nova ereção pressionou com força contra a parte inferior do abdômen.

Ela se moveu e esfregou seu corpo ao longo dele lentamente, fazendo-o gemer enquanto o beijo se tornava febril.

Ele a deitou e deslizou a saia pelas pernas.

Ele olhou para ela por um longo momento antes de se mover.

Ele se inclinou sobre ela novamente e deu um leve beijo em sua barriga, logo acima do umbigo.

Ele sorriu contra sua pele quente e começou a beijar para cima, invertendo suas ações anteriores.

Seus lábios mal tocaram seus seios antes de pousarem em seu pescoço e acariciarem seus batimentos cardíacos.

Ele latejava entre as pernas dela, seu membro pressionando contra sua fenda molhada enquanto ela envolvia as pernas em volta da cintura dele e ele deslizava os braços ao redor dela.

Em um movimento rápido, James estava sentado com ela em seu colo e, se isso fosse possível, pressionando seu pênis ainda mais contra ela.

Ela se contorceu um pouco e ele gemeu.

Ele a beijou até chegar logo abaixo da orelha e puxou suavemente seu lóbulo.

"Diga-me, Samy, você quer?"

A respiração dele estava quente contra sua pele e ela estremeceu.

"Você quer meu pau grande e duro enterrado dentro de você?"

A resposta de Samy soou quase como um gemido enquanto ela se esfregava nele.

"Sim. Por favor, James, eu queria isso desde..." mas ela rapidamente parou, com as bochechas ainda coradas, e desviou o olhar.

James não tinha ideia disso.

Ele forçou seu olhar de volta para o dela e descansou sua ereção contra ela.

"Termine o que você estava dizendo."

Ela gemeu e suas unhas cravaram levemente em sua pele.

"Eu queria isso desde que te conheci."

"Então me diga o quanto você quer isso."

Não foi uma exigência, foi mais um pedido enquanto ele deslizava os dedos sobre os seios dela, massageando lentamente sua carne.

Ele podia sentir o calor dela irradiando contra o seu pau, e estava fazendo tudo o que podia para não simplesmente jogá-lo fora e pegá-lo.

A resposta dela o surpreendeu e destruiu todo o autocontrole que ele vinha usando.

"Eu não quero isso. Eu preciso disso, James."

Os olhos dela estavam fixos nos dele agora, e ele gemeu suavemente contra sua pele enquanto ela se apertava com mais força.

"Eu preciso tanto disso, sonhei com isso por tanto tempo. Por favor. Preciso que você me foda."

Eu não podia mais negar isso a ele.

Ele não conseguiu mais se conter depois disso.

Ele a levantou até que a cabeça de seu pênis fosse pressionada contra sua abertura e então rapidamente o deixou cair sobre ela.

Ambos gemeram.

A rata dela estava tão apertada à volta do seu pénis que quando ele começou a movê-la para cima e para baixo no seu membro, o seu comprimento duro parecia ainda maior envolto dentro dela.

Ela gemeu e usando as pernas como alavanca começou a saltar em seu pênis.

Seus seios saltavam livremente contra ele e seus mamilos acenavam para ele quando ele se inclinou para frente e começou a sugar.

Ela gemeu e começou a saltar mais rápido em seu pênis, empurrando-se repetidamente.

Seus lábios estavam provocando seus mamilos, puxando-os e sugando, depois passando a língua sobre eles e mordiscando enquanto ela balançava com seus saltos, gemendo contra sua pele, enviando vibrações através de suas mordidas.

Sua boceta estava tão molhada que a umidade escorria por seu pênis, e ele gemeu quando ela intencionalmente apertou sua fenda ao redor dele, fazendo-o resistir mais a ela.

Ele inclinou os dois para que ela estivesse de costas novamente na grama e começou a bater com força seu pau dentro e fora dela.

Samy gemeu ainda mais alto, suas unhas arranhando suas costas enquanto outro impulso forte a trazia de volta ao clímax.

O espasmo apertado à volta da sua pila rapidamente fez James ejacular também e ele bateu nela ainda mais depressa, grunhindo enquanto o seu esperma quente a enchia até se derramar pelas suas coxas.

Ele caiu para o lado, ofegante.

Ele então a puxou para si, dando beijos suaves na lateral do rosto dela.

"Agora, serão necessários mais cinco anos até que você tenha coragem suficiente para fazer isso de novo?"

Ele sorriu e beijou o canto dos lábios dela.

"Nunca, James."

Samy sorriu e roçou os lábios nos dele.

"Bom, porque não acho que conseguirei manter minhas mãos longe de você por mais de um dia ou dois."

A risada de Samy ecoou pelo lago, e James sorriu enquanto se sentava e a beijava profundamente.

Este poderia definitivamente ser o começo de algo muito interessante.

RECEPÇÃO INESPERADA

Glenn chega em casa depois de um árduo dia de trabalho e deixa sua pasta e casaco na porta.

Ele acha a casa estranhamente silenciosa, mas não presta muita atenção nisso e vai para o quarto.

Ao subir as escadas, ele sente o aroma maravilhoso do perfume de sua amada esposa, Susan.

Quando ele chega ao patamar, ele ouve sons fracos de música escapando pela porta de seu quarto.

Tomando cuidado para não fazer barulho, ele abre a porta lentamente.

"Susan?" Ele diz com uma voz masculina bastante profunda.

À medida que a porta se abre cada vez mais, a visão de seu corpo nu deitado na cama o faz estremecer.

"Sim, bebê." ela diz com uma voz sensual.

Ele começa a caminhar em direção à cama, mas ela manda ele parar.

Intrigado, ele obedece, sabendo que ela tem algo em mente.

Ela sai da cama.

Seu corpo se move com grande graça.

Ele não pode deixar de ficar fixado em seu seio delicioso movendo-se levemente enquanto ela caminha em direção a ele.

Ele sente seu pau endurecer enquanto seus pensamentos passam
"Ela é tão bonita".

Ela estende as mãos e desfaz o cinto dele.

Também as calças, ele as desabotoa e abaixa.

Isso o faz tremer de excitação.

Como ela o vê tão animado, ela sorri e puxa sua boxer para baixo com uma necessidade faminta de chupar seu membro duro.

Ela gentilmente coloca as mãos em seu pênis agora ereto, acariciando-o lentamente.

Ele então mostra a língua e lambe a cabeça antes de colocá-la na boca.

Ele geme quando ela começa a chupar seu pau duro.

Movendo-o para dentro e para fora da boca cada vez mais rápido.

Então ele lentamente retorna a um ritmo baixo e gira a língua em volta da cabeça enquanto a acaricia com a mão.

Ele geme enquanto a mão dela acaricia a cabeça rosada do seu pau.

Então ela lambe as bolas dele até a ponta do pau.

Ela tira da boca e se levanta para beijá-lo apaixonadamente enquanto tira sua camisa.

Ele envolve seus braços quentes em volta dela, puxando-a para mais perto dele, sentindo os seios dela pressionados contra seu peito.

Enquanto eles se beijam, as mãos dele percorrem o corpo dela, sentindo sua pele macia sob as pontas dos dedos.

Suas mãos se movem sobre a bunda dela e ele aperta com força.

Ele a levanta pela bunda, envolvendo as pernas em volta da cintura e se move em direção à cama.

Ele gentilmente a deita e se move em cima dela.

Ele a beija profundamente, descendo até o pescoço e o peito.

Ele lambe lentamente o seio direito dela, aproximando-se do mamilo agora ereto.

Ele coloca o mamilo dela na boca e o chupa, mordendo-o suavemente.

Movendo-se para o outro seio, ele se abaixa e começa a esfregar seu clitóris, fazendo com que ela aumente a respiração e comece a gemer levemente.

Ele esfrega mais rápido enquanto beija sua barriga, concentrando-se em seu umbigo.

Ela sente que está ficando muito molhada e sua respiração acelera.

Ele beija seu lindo monte e depois substitui os dedos pela língua.

Chupando e mordendo suavemente seu clitóris.

Isso a envia em uma jonda de prazer, gemendo.

Então ela insere um dedo que passa pelos lábios inchados de sua boceta e entra naquele lugar secreto e escorregadio.

Ele desliza o dedo para dentro e para fora lentamente e então rapidamente insere outro dedo enquanto ela geme.

Ele continua se concentrando em chupar seu clitóris enquanto seus dedos atingem preciosamente aquele lugar especial dentro dela que ele sabe que a deixa absolutamente louca.

Ela geme alto e sente uma sensação de formigamento na perna direita, subindo ao redor do corpo e saindo para a perna esquerda.

"Oh bebê!" ela geme: "Isso é tão bom!"

Glenn sabe que se ele continuar assim, ela definitivamente ultrapassará o limite, então ele diminui a velocidade e a beija de volta para devorar sua boca.

Eles compartilham um beijo apaixonado.

Suas línguas dançando juntas.

Removendo os dedos de sua boceta agora encharcada, ele começa a massagear seu seio direito.

Seus gemidos reprimidos pelos beijos.

O beijo é interrompido e ela sussurra em seu ouvido:

"Eu preciso de você dentro de mim, querido."

A menção de seu pau duro deslizando na boceta molhada de sua amante o faz grunhir de luxúria e ele se move em cima dela.

Abrindo as pernas dela com os quadris, ele se posiciona para penetrá-la.

Brincando com ele, ele insere apenas a cabeça e depois retira lentamente.

"Por favor, dê tudo para mim." Ela implora, mas ele prevalece e acompanha o ritmo do jogo, inserindo apenas a ponta e retirando quando ela começa a gemer.

Finalmente, em um momento inesperado, ele empurra seu membro duro até o fim para fazê-la gritar.

Ele começa a empurrar para dentro e para fora dela lentamente, com golpes longos e fortes.

Ele começa a acariciar com mais força e rapidez, puxando a bunda dela para uma penetração mais profunda.

"Oh Deus, você se sente tão bem dentro de mim. Eu te amo tanto quando você fode minha boceta."

Com isso ele rosna e se retira repentinamente.

Ele gesticula para ela se virar e ela rapidamente o faz com um salto de excitação.

Ele sabe que entrar nela por trás é uma de suas posições favoritas e também adora dar isso dessa forma.

Ele insere a sua pila nela e começa a empurrar com força e rapidez.

Ela geme alto, dizendo a ele mais alto.

Ele adora foder sua adorável esposa, então começa a ficar mais rude com ela.

Seu corpo e bolas batendo contra sua bunda agora vermelha.

Ela começa a empurrar de volta para suas estocadas, fazendo seu pênis ir ainda mais fundo.

Ambos gemem de prazer.

"Oh, vou ejacular, querida. Estás pronto para a minha ejaculação?"

"Oh, sim, querido, eu também vou gozar."

Mais algumas carícias e Susan grita de prazer e o seu corpo começa a tremer à medida que o seu orgasmo a domina.

Glenn sente as paredes de sua boceta começarem a ordenhar seu pau e ele não aguenta mais.

Rosnando o nome dela, ele atira seu esperma quente profundamente dentro de sua boceta agora cremosa e molhada.

Susan, exausta com a explosão, apoia-se nos cotovelos enquanto o sente disparar mais alguns jatos de esperma nela.

Satisfeito, e tentando não cair em cima dela, ele se retira lentamente de sua boceta e a agarra pela cintura, puxando-a para a cama com ele.

Eles se olham nos olhos, ambos nublados pelos poderosos orgasmos que acabaram de passar por seus corpos segundos atrás .

Uma satisfação de conhecimento mútuo permanece na sala enquanto os dois adormecem nos braços um do outro.

INSATISFEITA

Está uma manhã fresca.

Tenho que ir trabalhar, mas não tenho vontade de me levantar.

Deitado aqui, penso em amar você.

Posso ver seus olhos olhando para mim, sorrindo para mim.

Já posso sentir o calor crescendo na minha virilha.

Deslizo minha mão suavemente sobre meus seios, como se seus olhos a estivessem seguindo.

Meus mamilos respondem imediatamente, endurecendo.

Levanto o seio para sugar suavemente um mamilo em minha boca.

Sinto seus lábios se fecharem ao redor do outro mamilo e um gemido profundo escapa dos meus lábios.

Sinto o suco quando ele começa a deslizar de dentro da minha boceta.

Movo minhas mãos ao redor de minha barriga e depois desço até meu abdômen, imaginando suas mãos me tocando.

Deslizo lentamente meu dedo médio na umidade e no calor.

Aperto meu dedo como se seu pau estivesse enterrado dentro de mim.

Deslizando meu dedo para dentro e para fora, meus quadris começam a se mover em movimentos circulares.

Sinto meu dedo querendo mais da sensação que está sendo criada.

A palma da minha mão pegou o suco que agora sai da minha boceta.

Lambo o sabor doce da palma da minha mão e deslizo meu longo dedo na boca imaginando que é seu pau delicioso.

Envolvo lentamente a ponta do meu dedo com a língua como se fosse a cabeça do seu pau.

Movo minha língua ao longo do dedo, girando-o para pegar cada pedacinho de suco.

Fecho meus lábios firmemente ao redor da base do meu dedo e deslizo minha boca até a ponta e começo a trabalhar minha língua ao redor do topo do meu dedo.

O que você imagina que seu pau está enterrado na minha boca?

Observando minha cabeça se mover para cima e para baixo, sugando você profundamente em minha garganta com os músculos da boca trabalhando.

Estou chupando seu pau e você pode sentir minha língua e boca chupando você, assim como sinto que você chupou meus mamilos.

Minha língua se move por toda parte , meus lábios molhados se movem constantemente com a necessidade de sugar você com mais força, mais rápido e mais profundamente.

Estou muito animado com a ideia de sentir você enterrado em mim.

Pego no meu dedo e deslizo-o de volta para a minha rata, certificando-me de que está encharcado.

Tiro meu dedo e esfrego em toda a minha fenda e mergulho novamente para obter mais umidade.

Desta vez também esfrego meu buraco traseiro apertado.

Deslizo lentamente um dedo para dentro e o orgasmo é imediato.

Eu adoraria que você me fodesse com seus dedos e seu pau ao mesmo tempo.

Adoro a ideia de ser preenchido por você.

Eu rolo de bruços e começo a trabalhar meu clitóris com as duas mãos.

Movendo minhas mãos para meu estômago, pressionando firmemente meu doce monte.

Eu me fodo com as mãos até sentir aquela sensação começando.

A sensação começa no fundo e me faz apertar enquanto vou gozar novamente.

Movo meus quadris mais rápido, meus pés se curvando com a necessidade de explodir por dentro enquanto me fodo com os dedos.

Um gemido longo, profundo e gutural escapa quando chego ao clímax e explodo.

Exausta, deito-me de costas, penso no que acabei de vivenciar e fico excitada novamente.

Fico me perguntando "que feitiço é esse que você tem sobre mim"?

Nenhum homem me excitou tanto quanto você.

Eu vejo você em minha mente, o homem amoroso e sexy que você é.

Posso sentir seus lábios macios e doces nos meus.

A maneira como sua língua sedosa delineia meus lábios e a mordida suave de seus dentes.

A maneira como sua língua desliza profundamente em minha boca e prova o quão faminto estou por você.

A forma como sua língua envolve a minha e a doce troca de sua saliva se mistura com a minha.

Posso sentir sua boca quente enquanto ela se move em direção ao meu ouvido e o calor da ponta da sua língua enquanto ela entra.

O sussurro suave do meu nome traz uma onda de esperma directamente para a minha doce rata e a sua boca move-se para os meus mamilos duros e erectos.

Lentamente, sua língua circunda meu mamilo esquerdo e você sopra suavemente.

Você fecha a boca sobre minha dureza reativa e eu gemo.

Minha mão direita começa a deslizar sobre meus mamilos e levanto o seio esquerdo em direção à boca para sugar suavemente o mamilo, imitando a sensação de sua boca.

Lentamente, meus dedos deslizam pelas costelas em direção ao abdômen e os dedos longos e finos da minha mão alcançam meu doce clitóris.

Gentilmente, as pontas roçam o botão e meu dedo médio desliza para dentro, até a primeira junta, para sentir a umidade que se acumulou ali.

Deslizo meu dedo profundamente para liberar seu esperma e pego o suco de mel na palma da minha mão.

Lambo o suco da palma da mão, saboreando o gosto e o cheiro do sexo.

Deslizo meu dedo médio, até a primeira junta, na minha boca, imaginando que é a cabeça do seu pau.

Lentamente, a minha língua gira, saboreando novamente o sumo e sei que é o seu pré-cúmulo que estou a provar na minha língua.

Minha boca quente e úmida desliza sobre meu dedo, como se fosse seu membro quente e inchado.

Minha boca se fecha completamente e desliza até a ponta enquanto minha boca apertada suga apenas a cabeça imaginada do seu pau sedoso.

À medida que acelero o ritmo de foder o meu dedo na boca, quase consigo sentir a tensão nos seus tomates à medida que o esperma começa a subir.

Só com este pensamento, sinto a humidade a escorregar da minha rata e sei que tenho de me foder.

Eu rapidamente rolo de bruços, minhas mãos alcançando minha boceta.

Eu os pressiono com força contra meu monte, as pontas dos meus dedos encontrando meu clitóris.

Meus quadris começam a girar lentamente, girando e girando enquanto os músculos dos meus pés e pernas começam a ficar tensos e meus dedos trabalham minha doce boceta.

Vejo-te entrar por trás e imagino a tua pila, encharcada com os meus sucos e brilhando na humidade enquanto desliza para dentro e para fora da minha rata.

Oh, porra, estou tão excitado enquanto meus dedos e palmas pressionam com força... tão forte quanto podem enquanto chego ao clímax.

Meus pés e pernas estão cerrados, meu corpo estremece com a intensidade.

Eu me viro de costas imaginando seu pau doce e latejante dentro da minha boceta sedenta de porra.

Os músculos da minha boceta continuam a apertar como se estivessem sugando o esperma do seu pau.

E então sim, quase posso sentir essa sua língua quente enquanto ela desliza para cima e para baixo na minha fenda.

A tua boca fecha-se sobre os lábios da minha rata e o movimento rápido da tua língua faz-me ejacular na tua boca.

E você se levanta, monta em meu corpo e desliza seu pau encharcado de esperma em minha boca.

Saboreio o sabor de nossos sucos misturados enquanto chupo e lambo de forma limpa.

Desabo na cama, meu corpo ainda tremendo e formigando.

Que sentimento maravilhoso você me faz sentir com você.

FIM